遥かな想い

真下あさみ 編著

三恵社

はじめに

皆さん、詩は好きですか？　詩を書いたことはありますか？
きっと、詩とはあまり馴染みのない方も多いかも知れません。そんななか、この詩集を手にとってくださってありがとうございます。この本を読んで、少しでも詩に親しんでくださり、あなたの心がほぐれ、ほっとするひとときを過ごして頂けたなら幸いに思います。

新しい年を迎えたある日、私は祖父である愛知県一宮市出身の詩人、佐藤一英の展覧会が、秋に開催されることを父から聞きました。祖父の展覧会は過去に何度か開催されていますが、亡くなってもう何年も経ったこのタイミングで、生誕１２０周年記念として再び取り上げて頂けることを父は本当に喜んでいました。そして、父は「一英の魂は今でも生き続けている。最近、なぜか、あさみの歌や言葉のなかにも一英の想いが流れているように思えてならない」と言うのです。実は、私は絵本ケアという教育文化活動のなかで、読み語りとともに自身で音楽創作（作詞作曲）等を行っていることもあって、これまでにたくさんの詩を書いてきました。父も九十歳を過ぎ、最近はめっきり弱って入退院を繰り返していますが、いつも力を振り絞っては私の読み語りを聴きにきてくれました。父は、それを聴くたびに何か思うところがあったのでしょう。「一英の詩は難しい。しかし、おまえの詩はいまの若い人たちにも伝わりやすい。一英の想いを現代の人に知ってもらうためにも詩集を出したらどうだ？」そんなふうに心のなかにある思いを打ち明けてくれました。私のつたない詩を、いつも皆さんが聴いてくださるだけでも嬉しく思っているのに、それを書物として残すなど思ってもみないことで、この話を聞いた時、初めは大変悩みました。しかし、これが父の最後の願いのようにも思え、また、天国の一英おじいちゃんが見守ってくれているようにも感じて、私はこの詩集を世に出す決意をしたのです。私がこの世に生まれたこと、今日まで生きてこられたこと、全ての人やものへの感謝の気持ちをこめて、日々のなかで溢れる想いを詩にしたため、メッセージとして残しました。時折、祖父佐藤一英の詩も読んでいただきながら、おじいちゃんと私の想いの混ざり合いを味わってもらえるように編集してあります。

この詩集を出版するにあたっては、父や母はもちろん、本書の絵と写真の協力をしてくれた主人、子どもたちにもずいぶん背中を押してもらいました。

また、日頃より、私のことを支えてくださっている愛知文教女子短期大学の先生方、そして、出版にあたり大変お世話になった三恵社の皆様にも、心より感謝申し上げます。

時は令和、これから未来はどうなるのでしょう。それでも変わらない人々の想いがあります。私たちの想いは、時を超えてずっと続いていくのです。私たちは、深い愛とたくさんの想いに包まれて生きています。

ページをめくると、そこにはいつか見た情景が広がっています。四季折々に吹く風は、あなたをそっと包むでしょう。

風にのって、遥かな想いが、どうぞあなたに届きますように・・・

令和元年　初秋　ふるさと萩原にて

遥かな想い

目次

目次

ふるさと

古里は　朝（あした）によろし
古里は　夕（ゆうべ）によろし
古里に　父の空あり
古里に　母の土あり

古里の　道はうつくし
吹きしぶく　雨の夕べを
二人にて　ゆきしことあり
古き日の　ひじりのごとく

一英

（帰郷詩抄より）

ふるさとは

ふるさとって　どこにある
ふるさとは　帰る場所
ふるさとは　行きたいところ
ふるさとは　懐かしいもの
ふるさとは　安らぐところ
ふるさとは　美しいもの

ふるさとは　あなたのそばに
ふるさとは　わたしのそばに
家族　友だち　カブトムシ
学校　会社　夕陽雲
電車　ブランコ　揺れる稲
ふるさとは　誰にでも
ふるさとは　どこにでも

春の日は

春の日は　夢も黄金に
おのがじゝ　思ひ幼なく
はぎだめも　かがやきおびて
おのづから　ひじりの香あり

一英

（軸装より）

古里の庭の

古里の　庭のふかきに
わづかにも　陽を得て咲くや
ふれたらば　破れむ花よ
わが履歴映す　つつじよ

一　英

（軸装より）

春の日に

白い蓮花《れんげ》は　誇らしく
黄色いたんぽぽ　凛として
薄紅桜は　朗らかに
それぞれ　春を謳《うた》っている
春は明るく　春は朗らか
春は力が湧いてくる

長い冬を超え
冷たい雪を耐え
ようやく　芽吹き
花咲く日
誰もかも
大いなる夢をみる
春の日に

ああ五月（つつじ）

あゝ五月《つつじ》　なれ賞《め》づるに
みどり葉の花　映《は》ゆるとに
あらずありげに　わがつまの
みどり児と　生《あ》れしがゆゑぞ

一英

（詩画より　新しい生命の誕生を祝福する）

五月の風

緑萌ゆ　まぶしい朝陽《ひかり》に照らされて
葉揺する風　心地よく
つづく道のり　遠かれど
しばしの憩い　心を癒す
子の笑い声　青空に響く

おかあさんになる魔法

ある日　それは　突然やってきた
あれ　おかしいな　これって　もしかして
誰かに伝えたい　この気持ち

まるで　劇場の幕があがった時のように
始まりのベルが鳴り　物語は　はじまった

まぶしい光に包まれて
これまで感じたことのない　不思議な感覚
自分のおなかに　宿った命
もこっ　ぽこっ　ぐにょっ
わたしのなかで　動く命に驚きながら

日に日に　大きくなるおなか
風船のように　どんどん　ふくらんで

ここには　夢がはいっているの？
見知らぬ世界が　ふくらんでいく

時は過ぎ　季節はめぐって
気が付けば　毎日　お腹をさすってる
小さな絵本を買ってきたり
子守り歌をうたってみたり
何だか　わたし　変わってきてる

おはよう　なんて　話しかけたり
元気でいてねって　お願いしたり
それは　それは　優しい声で
見えない命に語りかける
新しいわたしが　ここにいる

愛しい気持ちは　あふれだし
会いたい気持ちは　こみあげるばかり

この想いは　止められない
生まれくる生命《いのち》　愛と希望で包みたい

いつも　そばにいるよ
ずっと約束　きっと約束
この遥かな想いは
わたしが　おかあさんになる魔法
（妊娠した時の想いを歌にした「ずっと約束」の原詩）

かしの木の四季

鐘の音を　尋ね尋ねて
かしの森　深く入り来ぬ
かしこさは　ここにありけり
かすかにも　わたる風聞く
かしの木の　森吹く風よ
かしこさを　乗せてくる風よ

産れ、産み、産れ、産む、
海、
これが樫の木のたましひであり、姿である

わが心　われに宿らず
わが姿　われに泊らず
わが「人」を　さがすのをやめよ
われは生く　この世の外に

海は木である
かしの木である
海は天地を結び　関係づける
海は　一切の生産の場である
かしの木は　一切の根元である

一英

（絶筆　かしの木の四季より）

静かな夜に

いつのまにか　日が暮れて
時計を見る間もないうちに
気が付けば　一日が終わる
きょうの夕日はどんないろ？
最近　空を見ていない

昔　聞いてた　好きな歌も
今はなぜだか　悲しくて
音も景色も　消したくなる
心沈む　秋の夕暮れ

特別理由は　わからない
涙がでてくる　そんな日は
近づく夜が怖くなる

今日の終りにおびえる私
どこか遠くへ出かけたい
知らない景色を見てみたい
はるかな海を感じたい

だけど　やることいっぱいで
ごはんにおふろ　そうじにせんたく
仕事もたくさん　たまってる

待ってることは　山ほどあるけど
やれない　できない　やりたくない
わたしの心　ここにあらず
声にできない　心の叫び

波に追われて　波にのまれて
深く沈んで　溺れそう
そんな自分を抱きしめて

やがて月夜に照らされる
それでも　わたしは生きている

ただ　ひっそりと　息をして
産声あげた　あの日のように
真っ白で　真っ新な
何にも染まらない　私になりたい

明けない夜はない
明日は明るい日と書くのだから
きっとまた　明日は元気になれる
きっと　きっと笑顔になれる

目を閉じて　流れる時に身をゆだね
静かな夜に　溶け落ちる
愛のように　優しい夢に包まれながら

朝陽のなかで

カーテンを開けたら
まぶしい朝陽が飛び込んでくる
今日一日がはじまる
おはようと　声をかけたら
階段を駆け下りてきて
元気いっぱいの声　声　声

どれだけ時間がたったのだろう
冷たい空気に包まれて
静まりかえる　朝の食卓
時は川のように流れていった

仕事帰りに買ってきた
ケーキをお皿に並べたら
余ったケーキに　はっとする

洗濯物が少なくて　なんだか寂しい
ベランダいっぱい　なびいてたのに
もういないのかと　思い知る

あの日　小さな命を抱き上げた
必死に泣いている　あなたのことを
一人では生きられない　小さな命
あれから　幾重の時を重ねたのだろう

巣立っていった　あなたを想う
あなたはいま　希望の道を行く
自分の力で　明日を拓《ひらく》く
なんと　誇らしく　清々しい
今日も朝陽は　ふりそそぐ
朝陽のなかに　幸せを願う

舟出

ふねにのり　どこか遠くへ行ってみたい
ふねにのり　知らない世界を見てみたい

ふねはでる　遠く離れた地を目指し
ふねはでる　地平線の彼方へと
ふねはでる　見送る人を置き去りにして

舟出とは　遠い地へと旅立つこと
舟出とは　遥か未来へと進むこと
舟出とは　嬉しくもあり　寂しくもあり

ふねは　やがて　小さくなる
輝く星の下　さざ波のなかへ
姿は見えずとも　遥かな海を進みゆく

空想散歩

布団のなかで何をする
布団のなかで夢をみる
おじいちゃん　今日はどこへいきましょか
お日さま　ぽかぽか　いい天気
萬葉公園　行きましょか
まずは氏神　白山社　階段上って手を打って

お参り済んだら　歩きましょ
踏切カンカン赤電車　見送りながら
角曲がり　緑の森が見えてきた
春桜　秋紅葉　万葉の声　聞きながら
手を取り合って　歩いた小道
ふと見れば　笑みを浮かべて眠る顔
明日は　どこにいきましょか
（寝たきりになった祖父一英と、寝床で空想散歩をした話）

待ちわびて

ふるさとに帰ると伝えたら
いつもの着物に身をつつみ
まぶしい朝陽を背に受けて
あなたは　ただただ　駅に佇《たたず》む
一人一人の顔を見て
電車が着くたび　わたしを探す

待ちわびて　待ちわびて
やがて夕陽に照らされて
あなたは　ただただ　駅に佇む
わたしと出会う　その一瞬《とき》のために
あなたの愛は　富士の山よりも高く
日本海よりも深い
そう思い知った　あの日
（萩原に帰ると、いつも祖父一英が駅で待っていた話）

誕生日

ハッピーバースデー　トゥーユー
誕生日は歌いたい　心から祝いたい
誕生日は　我が子の成長が嬉しくて
生まれてきてくれてありがとうって
毎年　そう感謝した日
私がお母さんであることを実感する日

ずっとそう思って過ごした懐かしい日々
気が付けば　子どもたちも皆巣立ち
今では　静かな誕生日
遠く離れても　心のなかで祝いたい
あなたを生んだあの日から
この想いは永遠に
お誕生日　おめでとう

私が生まれた日に

次々と雨粒が落ちてくる
青葉には　白く輝く光の粒たち
梅雨明けが待ち遠しい今日この頃
今年も誕生日を迎えた
緑茂る　芝生にも
ほのかに香る　花々にも

心潤う　夏の初め
茜の空に　母の声
陽射しのなかに　父の影
大いなる愛に包まれて
七月の九日　祝うべき哉
生を受け　またのめぐり来る幸いの日
この命に感謝

わが生れの日に

ひとの世の半にありや　四十路経て
四たびの秋に生《あ》れの日を　けふ迎へたり
ひともとの実ある木を得て　植えおかむ
世にあることのうれしさは　ひそかにこめて
小さくとも　実のりある木を植えおかむ
よろこびや栄え　久しくはとどまりがたし

誓ひもて　つとめしわざもついえゆく
あかるき土に何ほどか　のこるはあらむ
小さくとも　赤き実の木を植えおかむ
秋十月の十三日　わが生れの日に
ひととして　自ら祝うこれのみぞ
雨おさまりて　ふるさとの母のしのばる

一英

（みいくさの日より）

あたたかな手

父の手は　あたたかい
別れ際　いつも私の手をとって
ぎゅうっと　その手に力をこめる
父の優しさが伝わってくる瞬間《とき》
私はなぜだか　泣きそうになる
何度　その手を握っただろう

幼い頃から　その手をもとめ
その手に抱かれて　大きくなった
時は流れ　いつのまにか
か細くなった父の手を
両手で　そっと包み込む
父の手は　あたたかい
ずっと握っていたい
父のあたたかな手

向日葵（ひまわり）

母は向日葵のように
いつも明るく　どんな時も笑っている
おはようから始まって
毎日　たくさんのおしゃべりをする
孫のはなし　ご近所ばなし
お洒落のはなし　食べ物のはなし

母の笑顔は　何よりも輝き
太陽に向かって　ぐんぐん伸びる向日葵
何があってもしおれずに　顔をあげて

どんな嵐も　あなたがいたから乗り越えた
あなたがいるだけで　元気になれる
母の笑顔は　わたしを強くする
いつかわたしも　向日葵になりたい

ありがとう

ありがとう
今日は何回　言っただろう
ありがとう
それは愛の言葉
ありがとう
それは希望の言葉

ありがとう
それは夢をつなぐ言葉
ありがとう
それは相手を許す言葉
ありがとう
どんな時も伝えたい
たくさんのありがとう

雨の日も　風の日も
言い続けたい
ありがとう
最期を迎えるその日まで
ありがとうに包まれて
ありがとう　ありがとう
心をこめて　ありがとう

※本書の絵と写真協力： 真下　昭彦

子どものままで

一人目の子を産んで　母となり
嬉しくも戸惑いのなか
二人目の子を授かって　なんとなく
親らしく振る舞いつつ
三人目の子を生み育て
それでもまだ　ぎこちなく

いったい　親ってなんだろう
いくつになっても　子どものようで
でも　だからこそ
子どもの気持ちは　よくわかる
立派な親には　なれないけれど
子どもの気持ちに寄り添って
子どもの心の声を聞く
ずっと　子どものままの私

夏のかほり

あの日　水玉のワンピースで
小高い丘を　歩いた
坂道も　あなたと一緒なら
どこまでも　歩けた
港のみえる丘公園
ベンチで　ちょっとひとやすみ

潮風のかほり　樹々のかほり
髪のかほり　肌のかほり
あなたを感じる
写真のあなたは　笑ってる
若き日の　戯れの
こころに深く　忘れがたし
夏のかほり
（夏に亡くなった初恋の同級生を偲んで）

もしも世界中が

もしも世界中が　暗闇になっても
わたしは　あなたの道標《みちしるべ》になる
あなたが行く道に迷わないように

もしも世界中が　嵐に包まれても
わたしは　吹く風に立ちはだかる
あなたが倒れてしまわないように

もしも世界中が　荒野になっても
わたしは土を耕して　小さな種をまく
あなたが　咲く花を見られるように

もしも世界中が　誰もいない国になっても
わたしが　あなたの友だちになる
あなたが　人との触れ合いを楽しめるように

もしも世界中が　音のない街になっても
わたしは　声高らかにメロディをくちずさむ
あなたが明るい気持ちになれるように

もしも世界中が　悲しみに包まれても
わたしは冗談を言って　大笑いする
あなたが　涙で沈みこまないように

もしも世界中が　あなたを否定しても
わたしは　あなたの全てを受け入れる
あなたが自分を好きでいられるように

もしも世界中が　あなたを疑っても
わたしは　迷うことなく　あなたを信じる
あなたが自信に満ち溢れるように

もしも世界中が　あなたを認めなくても
わたしは　あなたに拍手をおくる
あなたが勇気を持てるように

もしも世界中が　夢は叶わないと言っても
わたしは　あなたを励まし続ける
あなたが未来を信じられるように

そして
もしも世界中が　敵になっても
わたしは　必ずあなたを守る
あなたの未来が　ずっと輝くように

わたしはいつでも　あなたの味方
どんなときも　思い出して
あなたには　素晴らしい明日がくることを

（愛する家族への想いをこめて）

秋の日は（もくれんの葉）

秋の日は　散る落ち葉さへ
あはれにも　惜しまる哉
あれやこれ　人を偲びて
明る日の　さひはひをのる

一　英

（額装より）

秋の日に

山々は　赤や黄色に色づいて
風吹けば　落ち葉の舞い散る
秋の日に

綺麗な落ち葉　ときめいて
ふと手に取るも　壊れ散る

その儚さに　あのひとを想う
偲ばるる　明るき笑顔
想い出深く　よみがえる
目を閉じて　静かに祈る
秋の日に

（突然亡くなった元同僚の先生を偲んで）

松笠の詩

ちちの影　松影とあり
母のかげ　笹の葉とあり
ふるさとの　ふかき松山
ふるさとの　ふかき篠原

古里の山に拾へば
まつかさに　母の声あり
ふりしきる夕陽の道に
松青く　苔青かりし

一英

（一粒の砂より）

オルゴールのうた

この音なあに　これは母さま小さい時の
海の歌　おききよ　とおい波の音

この音なあに　これは父さま小さい時の
山の歌　おききよ　遠い風の音

この音なあに　これはばあさま臼ひく村の
豆の歌　おききよ　重い石の音
この音なあに　これはじいさま木をきる森の
木こり歌　おききよ　あついのこの音

一英

（文部省音楽教科書　童謡より）

ずっと約束

生まれておいで　ママのところへ
いつでも　ママは夢みてる
やわらかな　ママの手のなか　生まれておいで

可愛い声を　きかせて
つぶらな瞳で　みつめて

天使のように　笑って
抱っこで　すやすや　夢のなか
いつも　そばにいるよ
ゆびきり　ずっと約束

生まれておいで　ママのところへ
いつでも　ママは願ってる
あたたかな　ママの手のなか　生まれておいで

いつか　ふたりで　ならんで
きれいな　青空　みあげて
真っ赤な　とんぼを　追いかけて
お手手　つないで　風のなか
いつも　そばにいるよ
ゆびきり　ずっと約束

生まれておいで　やさしい地球《ほし》へ
いつでも　みんな　祈ってる
子どもたちの夢あふれる　輝く明日

生まれくる奇跡　　愛と希望で　つつみたい
ゆびきり　ずっと約束
ゆびきり　ずっと約束

（お腹に子を宿したときの想いを歌にした曲）

空をみあげて

生まれてきた日のこと　今でも思い出すよ
あなたを抱いたこの手に　伝わるあたたかさ
ころんで泣いたときも
おこってすねたときも
あなたの仕草すべてが　とても愛おしくて

夢のなかで　なにみてるの
あなたの手のなかに　ひろがる未来

はじめて笑った日も　はじめて歩いた日も
あなたのそばで感じた　こみあげるよろこび
いっしょに見た夕陽も　いっしょに見たトンボも
あなたと過ごしたときが　とてもなつかしくて

風のなかで　なにみてるの
あなたの目の前に　ひろがる未来

ずっと見守ってるよ　幸せがくるように
悲しいときは　いつでも　空をみあげて
涙の先にひろがる　空をみあげて

（子どもの結婚に寄せて、母の想いを歌にした曲）

道

水の道　かしこに光り
空のみち　こなたにうかび
土の道　若葉にうもれ
ゆめのみち　みな美しき

一　英

（額装　孫の初節句を祝った詩）

GOOD DAY

からっぽの部屋に　腰かけて
窓にさす夕陽を　ただ見つめてる
日焼けした壁紙　古びた時計　想い出よみがえる
若かったあの頃　仕事はじめて
慣れなくて　疲れて　ケンカもしたね
ごめんねが言えなくて　すれ違って涙にぬれた夜

わたしの人生は　素敵な人たちと
ともに笑い　時に泣いて　語らいながら
ここまで生きてきた　今日まで幸せに
ぬくもりをありがとう
いつまでも　ＧＯＯＤ　ＤＡＹ

雨の日も　風の日も　いつの日でも
前をみて　夢をみて　空をみあげて

あたたかい手のひらに　背中押されて
ゆっくりと　歩き出す

わたしの人生は　色んな人たちと
ともに歩み　時に別れ　さまよいながら
それでも生きてきた　今日まで幸せに
やさしさを　ありがとう
いつまでも　GOOD DAY

ここまで生きてきた　今日まで幸せに
想い出に　ありがとう
いつまでも　ＧＯＯＤ ＤＡＹ
※ＧＯＯＤ　ＤＡＹは　佳き日という意

（子どもたちが巣立った時、これまでの人生を振り返り
感謝の想いを歌にした）

おわりに

時は流れ、ついに平成の時代が終わりました。私は昭和生まれです。私の祖父、佐藤一英は明治生まれです。私と祖父は六十歳以上の年の差がありま す。生まれた時代も違えば、生きてきた時代も違います。生まれ育った土地はもちろん、食べるものも、着ている服も、学んだことも、私とおじいちゃんは違うものだらけです。唯一同じといえば、祖父と孫という血のつながり。先祖から与えられた縁で、私とおじいちゃんは出会いました。思い返せば、祖父は神様のような人だったと思います。神様というと偉い人のようですが、私が言いたいのはそういうことではなくて、おじいちゃんはどこか不思議で、いつも物静かで、何を考えているかわからないけれど何でもお見通し、みたいなところがあったので、そう思ったのでしょう。そして、とても優しい目をしていて、人にも動物にも植物にも、とにかく世の中の全てのものに大きな愛を注いでいるような、そんな温かさにあふれていました。

遠く離れて別の場所で育った私は、一宮の家を訪ねては、時折、祖父と会っていたのですが、私がおじいちゃんと過ごした時間は大変短く、まだ子どもだった頃の記憶も曖昧です。祖父が亡くなるまでの数々の想い出も、断片的なものでしかありません。けれども、何故か、ところどころ脳裏に焼き付いて鮮明に浮かび上がる情景や、耳に残る言葉があります。

それは、齢を重ね、私自身が大人になるにつれ、不思議なことに私が思うことや、私が話すこと、私が表現することのなかに色濃く映し出されました。どこかおじいちゃんと似たところがあるというのか、祖父の影響を受けたであろう部分が大いにあることに気付いたのです。詩をつくったり、人前で話をしたり、絵本を読み語ったり、私は何かに引き寄せられるように、だんだんと創作、芸術、表現といった世界へと誘われました。これは、詩人である祖父、佐藤一英から託された想いを胸に生きている証のように思います。

おじいちゃん、天国で元気にしていますか？　今も詩を書いていますか？

私はこの歳になって初めて、こんなにも、おじいちゃんの存在が私の心の奥深くにあるということを思い知りました。この詩集をまとめているときも、おじいちゃんがそばにいて、いつも見守ってくれているようで心強く感じてなりませんでした。途中、壁にぶつかった時も、おじいちゃんの詩を読み返すと、どこかで「ありのまま、それでいいのだよ」という、おじいちゃんの声が聞こえるようで、そのたびに何度も励まされました。私はこの経験を通して、言葉にはこんなにも力があり、詩には魂がやどっているということを、身をもって実感したのです。詩は読む人の心を大きく揺さぶり、何かしら、その人の心に響いて伝わるのだということを、改めて感じました。

おじいちゃん、ありがとう。そして、120歳、おめでとう。祖父一英の魂は120年を超えてもなお生き続けています。遥かな想いに抱かれながら、私もここ一宮の古里で、自然の偉大さや生命の尊さを称えつつ、新しい時代を生きる人々へ、愛や希望の光を放つ言葉を紡いでいきたいと思います。

私のつたない詩集を最後までお読みいただいて、本当にありがとうございました。あなたの明日がきっと輝きますように、これからの世の中がいつまでも平穏でありますように、心から願っています。

真下　あさみ

佐藤　一英

（さとう　いちえい）
1899 ～ 1979
一宮市出身　詩人

1899 年、愛知県祖父江町（現稲沢市）に生まれる。23 歳で結婚。8 人の子どもをもうけ、子煩悩な父親であったが、詩人として多くの業績を残す。小さい頃から絵やおはなしが好きな文学少年だった。13 歳の時、弁論大会で優勝してから、その才能が開花。これを契機に文才を磨くために上京、早稲田大学で文学の勉強に熱中する。当時、菊池寛に小説家になるように薦められたが、一英は詩の世界に興味を覚え、詩人として生きる決意をする。その後、教員などをしながら、しだいに詩人としても認められ、昭和初期に「児童文学」を創刊。当時無名だった宮沢賢治や版画家棟方志功の作品を世に出す。このとき、一英も童話や童謡を多数残しているが、その作品には子どもへの深い愛情や父母への想いが感じられる。その後も順調に詩を書き綴り、「晴天」「空海頌」「みいくさの日」「一粒の砂」などを発刊。そのほか長編詩「大和し美し」は棟方志功が版画にしたことで有名である。また、一英は多くの校歌の詩を手掛け、そのなかに古里への想い、父母や家族への愛などを書き表した。そのほか、数えきれないほどの軸や額に詩を書きしるし、未来へのメッセージとして残している。

また、樫の木文化論を提唱し、一宮市内に萬葉公園、樫の木文化資料館を開設した人物としても知られる。

真下　あさみ

（ました　あさみ）　1962～
日本絵本ケア協会 代表
愛知文教女子短期大学 准教授
朗読作家

1962年、詩人佐藤一英の孫として広島に生まれる。父の転勤に伴って10代より神奈川県で育ち、両親の影響で様々な芸術文化に親しむ。幼い頃から絵本のお話を声に出して読み語ったり歌う事が好きで、時々、自由に詩や物語を作って楽しむような子どもであった。高校時代から音楽活動を通して詩や曲を作りはじめ、創作したものを朗読や歌、演奏などで表現する。

大学卒業後間もなく結婚。子育てに専念していたが、縁あって保育者養成教育の仕事に就く。現在は、学生指導のほか、育児講座、絵本セミナー、保育者研修等の講師を多数務める。主なテーマは親と子をつなぐおはなしの世界、豊かな感性を育むアプローチなど。2013年、子育て支援団体「夢育ひろば」を発足し各地で開催。その後、絵本ケア®の活動を推進するため、2018年、団体名を改変し「日本絵本ケア協会」を創立。絵本ケア®とは、2019年5月に特許庁より商標登録がなされた音楽と読み語りをミックスして夢や生きる希望を育む教育文化活動の一つである。絵本ケア®の実践では絵本や詩の読み語りを担当。オリジナルの楽曲制作や音楽選曲、企画構成等も手掛けている。2019年秋　初詩集出版。
主な著書「音楽と語りで夢を育む絵本ケア」2019年
音楽ＣＤ「ずっと約束」2013年

遥かな想い

2019年 10月1日　初版発行

著　者　　真下 あさみ
定　価　　本体価格 1,000 円＋税
発行所　　株式会社　三恵社
〒462-0056 愛知県名古屋市北区中丸町 2-24-1
TEL 052-915-5211　FAX 052-915-5019
URL http://www.sankeisha.com

ISBN 978-4-86693-126-5 C0092 ¥1000E